跟著歷史名人去遊歷
愛玩大少爺
郁永河遊臺灣
作者——王文華　繪者——久久童畫工作室

作者序

看郁永河如何樂觀壯遊

三百多年前，清朝有個喜歡旅行的人，名叫郁永河。

古代交通不便，旅遊必須耗費大量精力、金錢與時間，路上還有各種危險，簡直比登天還難！多數的人都會打退堂鼓，郁永河則不同。

康熙年間，福州城火藥庫失火，硫磺、硝石燒毀，官方決定派人來臺灣採硫。當時，只有郁永河自告奮勇，在隔年的春天搭船到臺灣，用九個月的時間完成使命，還以公費玩了一趟臺灣大縱走。

郁永河在東北季風強烈的時節出發，當時海上風浪大，中間還要經

過可怕的黑水溝、紅水溝；好不容易抵達後，再從臺南坐牛車，一路搖搖晃晃到臺北。

路途中，必須自己做飯，還要四處借宿或是露天打地鋪，行經的是遍地泥巴的道路，無橋可過的時候還會遇到大河擋道。

同行的人，生病、去世的不少，但郁永河依然對任何事物都抱持著正向樂觀的看法，不但具有濃濃的好奇心，也有強烈的求知慾，遇到危險時更懂得運用知識、趨吉避凶，尋找適合的躲避處。

讀這本書，能讓我們更認識三百年前臺灣的自然環境，也更佩服這樣一位對事物充滿好奇心的讀書人。

旅行能使人增長見聞、刺激感官，愛閱讀的你，或許也可以跟著郁永河走一趟三百年前的臺灣，學習他的正能量——天下沒有過不去的大河，也沒有走不到的地方！

目次

人物介紹

郁永河

雖然他是個讀書人，但可不是手無縛雞之力的人哦！他喜歡讀書寫詩，更愛旅遊冒險，時時抱著樂觀正向的態度。清朝時代，郁永河就是第一個來到臺灣，搭著牛車，從南到北玩了一趟的旅行家。

福大

郁永河的書僮，跟著少爺四處旅遊、出生入死。雖然福大心中最大的盼望，是待在書房裡鋪紙磨墨，但少爺卻偏偏喜歡往沒人去過的地方鑽。這回聽說少爺要去臺灣……天哪！是那個「十去，六死，三留，一回頭」的臺灣啊！福大該怎麼辦呢？

王師爺（王雲森）

王師爺上有八十老母，下有六歲幼兒，凡事以家人為重。聽說要來臺灣，讓他嚇得臉色發白、渾身發抖！據他自己說，他其實並不是因為害怕才這樣，而是放心不下家人。至於信或不信呢？請你翻書看一看，再自己判斷嘍！

冷面爺爺（顧敷公）

顧敷公不愛笑，外號叫冷面爺爺，是清朝時代的臺灣通，當年交通不便，很多地方無路可走，都要呼喚冷面爺爺出來幫忙帶路。儘管他不愛笑，卻時常會說一些很「冷」的笑話，至於這些冷笑話到底好不好笑？就需要你看故事時細細體會了。

書中地名的前世今生

諸羅------嘉義	宛里------苑裡
他里霧------斗南	竹塹------新竹
半線------彰化	甘答門------關渡
牛罵頭------清水	雞籠------基隆

三百多年前的清朝時代，渡海來臺灣可不是件容易的事，途中要經過險象環生的臺灣海峽，一不小心就小命不保！但郁永河這個樂觀的大少爺不怕挑戰，不但自告奮勇來臺灣採硫磺，還運用正向思考，把一路上化險為夷的經驗寫成精采的遊記。這趟旅程有多令人驚奇？一起來看看吧！

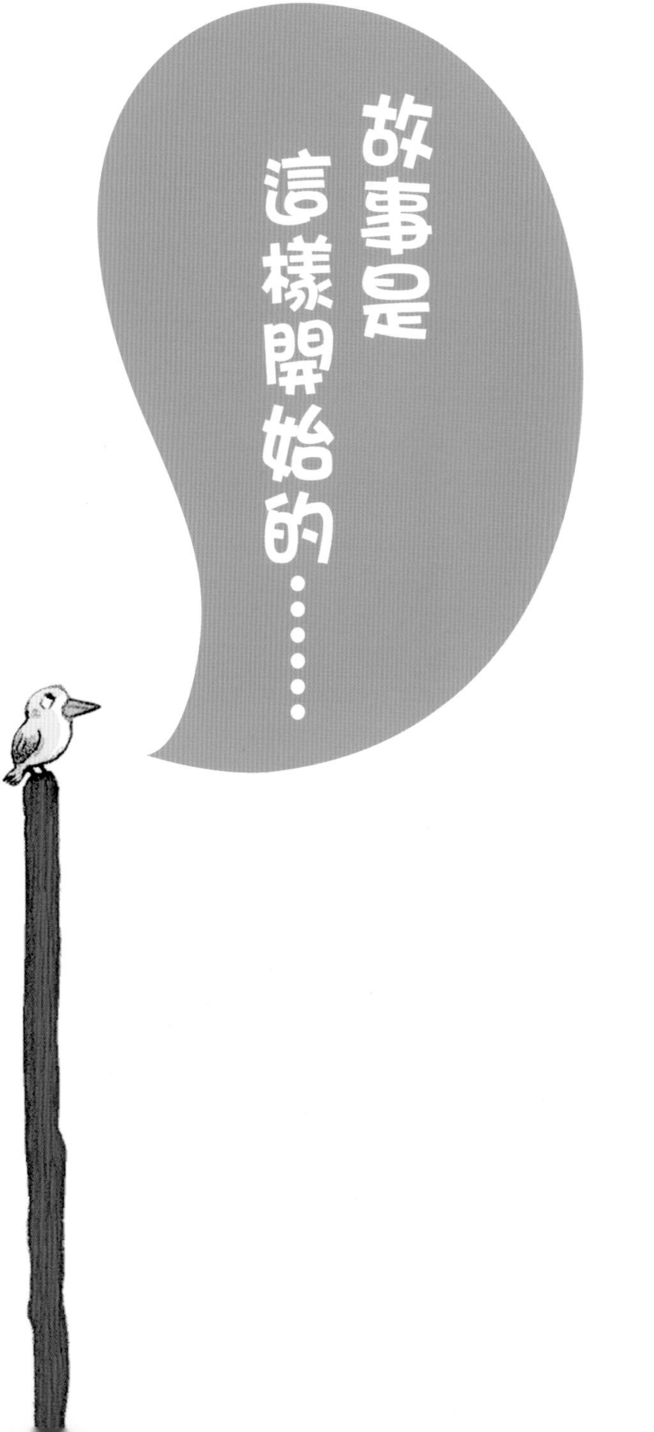
故事是
這樣開始的……

真是個好消息

愛玩，郁永河少爺最、愛、玩！

喝酒、賭錢、放煙花，他不愛。

他愛四處走走看看，不管是塞外長城、千里黃河……只要別人提起的地方他沒去過，他都想去走一走，看一看。絲路沙漠去過了，中原大地玩膩了，聽人說，福建有好山好水，於是，他在榕城縣太爺那裡謀了個差事，帶著我來了。

來了，來了，我們從杭州來了。

人家說「上有天堂，下有蘇杭」，杭州的西湖美，虎跑泉泡的龍井茶香，知味觀的點心精緻好吃，留在杭州就像身在天堂。

天堂，少爺不待，卻拉著我到福建來。

「你叫福大嘛！就該來福建。」少爺說。

「僕人的名字都是你取的，下回如果去株洲，我是不是又該被你改成株大？」

「好吧！那我

郁永河從今天起，替自己取個小名叫命大，怎麼樣？」少爺說到這裡，得意的搖頭晃腦，「你福大，我命大，福大命大到哪裡都不怕！」

少爺在榕城最愛出差，只要知縣大人有差事要分派，他總搶著說好。但是，別人出差，去的多是繁華的城鎮；我家少爺出差，卻專揀偏僻的地方。才來福建一年，福建的八個郡縣他都已經走遍了，正愁沒地方玩時，榕城發生了一件大事。

隆冬十二月，我縮在棉被窩，牙齒凍得咯咯響，突然一陣天搖地動，起初還以為是地震呢！沒想到，鑽出被窩一看，不得了啦！一團大火球升到半空中，照亮了榕城的裡裡外外。

火藥庫大爆炸。

外頭的人，紛紛擾擾的喊著。

我擔心少爺的安危，趕緊衝進他的房裡，只看見棉被掉在地上，屋裡空空蕩蕩的。我心想：糟啦！該不會……

沒錯沒錯，別人冒死從火場裡往外跑，郁永河少爺卻歡天喜地的鑽進去；知府大街被燒得通紅，他卻還端著茶壺往裡頭跑。

「救火啦！」少爺正想把茶水灑去，火舌就「轟——」的一聲席捲了他。

我拚命把少爺拉了出來，但就那一下，他的衣服燒破了，

辮子也著火了。我趕緊把火撲滅，他油亮的長辮子被燒掉了半截，整個人披頭散髮的。

「少爺，少爺。」我不停的喊他，但他好像沒聽見。

火場熱得讓人喘不過氣，我急急忙忙連人帶茶壺把他背出來，他還奄奄一息的喊著：

「福大，好消息啊！」

「什麼好消息？」

「火藥庫大爆炸。」

「這算什麼好消息啊！」我沒好氣的說：「你差點被火藥庫要了老命。」

「剛才知縣大人說，火藥沒了，得補上！」

「補上，去買啊！」

「沒法兒買，要找材料自己做！」

「材料？去哪裡找材料？」

「臺灣啊！臺灣有硫礦，那可

是上好的火藥原料。」

我的腳步一沉，「該不會……」

「福大，整個福建我們都走過了，只剩臺灣還沒去。」

「少爺，別開玩笑了，人家說去臺灣，十去六死三留一回頭……」

「我們福大命大……」少爺的聲音漸漸低到幾乎聽不清，人突然就昏過去了。

我急忙把人放下，用茶壺的水朝他臉上潑下去，他勉強睜開眼睛，「福大命大……到哪兒都不怕……」

他看著我，勉強笑笑，然後，又昏倒了。

福大，好消息！我們要去臺灣啦！
臺灣？你是說那個「十去，六死，三留，一回頭」的臺灣嗎？
雖然有六個人可能會死掉，但別忘了，還有三個人會順利到臺灣，一個人回福建。
少爺一個，船老大一個，還有我一個……
那我豈不是……
別怕！你不是叫福大嗎？怕什麼！
又不是你說不怕就不怕！
人要正向思考嘛！

少爺的祕密

春天時，我們由榕城出發，經過泉州到廈門，當地人說廈門有座山，風景不錯。少爺一聽，決定去走走。

我抬頭一看，那座山還真是高啊！路徑也小，沿路還長了比人高的草。

但這些事都擋不住少爺

的決心，他決定，能騎馬的地方就騎馬，騎不上去就走路，如果走不上去……

「福大，就算用爬的，我也要爬上去啊！」

「該爬就爬吧！」我認命了。

到了山頂，風景真好，又有山又有海，少爺詩興大發，我急忙打開文具盒，替他鋪紙、潤筆又磨墨。

少爺說：「一邊旅行，一邊寫詩，這才是我的人生。」

「爬山還得扛文具，這也是我的人生。」這話我不敢說出來，只摸摸鼻子把文房四寶、火爐和茶壺收好，默默跟著大家下山去。

碼頭邊，停滿船。

船老大聽說我們要去臺灣，臉拉得比馬還長，「何苦去那種地方呢？」

「因為我家少爺想去啊！」我跟著嘆了口氣。

和我們同行的，還有師爺王雲森與幾十個工匠。

少爺的朋友備了酒菜來送行。他們喝了酒，拱拱手，鞭炮一響，我們就登船了。

站在船邊，大家揮揮手，場面讓人感傷。想到這次去臺灣，不知道還有沒有命回來，連我都哭了。

哭著哭著，船還沒走。

哭著哭著，船真的還沒走。

我擦擦淚，看看船老大，他的長臉也望著我。

「該走了呀！」我說。

「沒風！」

「沒……風……」

「船在海上走，沒風走不了。」船老大說完，坐在船尾，像猴子一樣發呆。大家的手揮累了，風卻一直沒來，這下……

這下，又等了兩天才起風！

少爺興奮的催我：「福大！走啦！走啦！該去臺灣啦！」

他走前頭，我們幾十個人扛行李、搬貨物，追著他來到碼頭邊。

送行的朋友到齊了。牽馬的、坐轎的，有人穿著蓑衣，有人撐著油傘。風雨轉強了，喝酒吟詩都沒法子。

我們急匆匆跳上船，在雨中朝大家揮揮手，勸大家快回去。

「雨大了。」少爺說。

「我們等你們走了，再走。」碼頭上的人說。

風一陣雨一陣，我朝著船老大喊：「好嘍！走吧！」

「風這麼大，『呼啦——』一聲船就掀了，去不了。」

「什麼時候去得了？」

船老大看看我，「風調雨順，隨時可走；風不調雨不順，你有得等啦！」

送行的人一聽，搖搖頭，「沒風，吹不了帆；風強，吹翻了船。到底哪天來送行呢？」

「誰知道，還是去喝茶吧！」少爺提議。

我抬頭看看天，天空愁容滿面，雨點打得人發疼。

三天後的清晨，有霧，我在睡夢中，聽見一陣鑼響，船老大喊著：「開船啦！開船啦！」

我們就住在碼頭邊，這麼早沒人送行，匆匆帶著行李，匆匆跳上船，同行的共有十二艘船，只聽鑼聲連片響，船朝著無盡的汪洋前進。

「少爺，就要去臺灣了，開不開心？」我問。

他臉色蒼白，沒說話。

「你不開心，現在回去還來得及哦！」

少爺急著搖搖手，好半晌才說：「我……我現在才知道，我會暈船。」

他說完，今天的早餐全送給了海洋。

澎湖六十四個島

二月二十二日，我們的船剛衝破金門霧氣，船老大敲鑼警告：「紅水溝到了，紅水溝到了。」

少爺暈船暈得臉色慘白，還是要我陪他去船頭看看。

「您也太愛玩了。」我沒好氣的說。

「百聞不如一見啊！」少爺說。

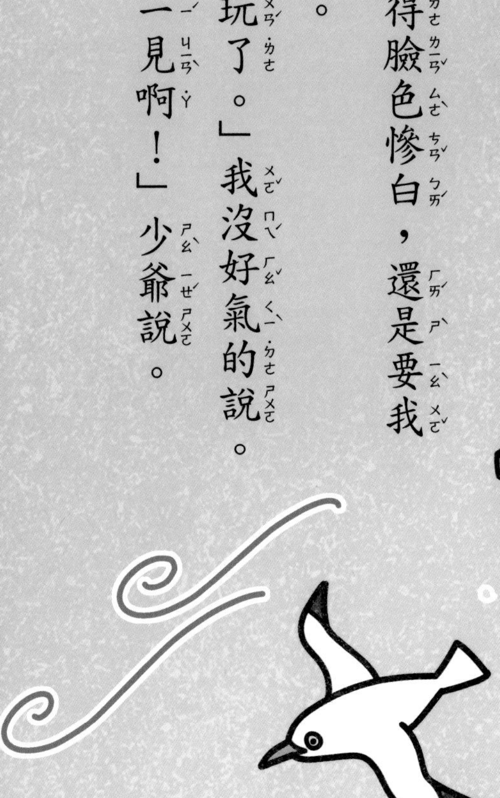

碧綠的大海出現一道深沉的海流，寬廣無邊、流速驚人，船在上頭，上上下下、起起伏伏，海浪擊打木船，轟隆作響。

「好可怕啊！」同行的人尖叫著。

船老大哼了一聲：「留著體力，到黑水溝再喊吧！」

「到臺灣的海路，」船老大前幾天提醒我們：「黑水溝最凶險，海水更快更洶湧，就像在闖鬼門關，一不小心，死無葬身之地。」

「現在這種紅水溝，不用怕啦！」

船老大說得沒錯，我們有驚無險經過紅水溝，大海恢復平靜，站在船頭望出去，天空和海水的顏色一樣藍，少爺喃喃自語著：「好像一切都靜止了。」

「什麼靜止了？」

「時間、浮雲和這艘船。」少爺一定是暈船暈過頭，明明船在海上走，還說什麼靜不靜止，「福大，我們的船就像片小葉子，漂在一個廣闊的鏡子上，如果從天上往下看，那是多麼美的畫面！」

我摸摸少爺的頭，確認他沒發燒，「人怎麼可能飛上天空呢？」

「鳥能飛，人總有一天也能飛的。」

他真的暈船暈得昏頭轉向、胡言亂語，連船老大喊著「澎湖到了」，他也爬不起來。

澎湖馬祖澳有片白色的沙灘，我們的船中午到，但是風亂吹，船老大轉了好多次，總轉不到正確的方向，氣得他破口大罵。

少爺暈船，躲在帆下陰影。

我和王師爺幫忙出主意，往左、往右、往前、往後，四處亂喊，喊到最後，船進港了，但是太陽也下山了。

隔天早上，我們划著小船上岸。

這是個很小的島，海岸比海水高不了一丈，島上只有沙沒有草，腳踩上去，浮沙可以淹到小腿肚，每走一步都要費盡力氣。

馬祖澳二千多個士兵，幾棵快枯死的樹護衛著水師營地。走在陸地上，少爺心情好，拉著王師爺全島走一圈，回來告訴我們：「沒問不知道，知道嚇一跳，別看澎湖小，算算竟然有六十四個島！有的肉眼可見，有的得划船去看，這裡的人把海當成田，三餐全靠捕魚來溫飽。福大，如果我們去看看……」

我一聽，心裡大叫不妙，要把六十四座島走一圈，那得花多少時間啊？還好還好，有個漁民正在叫賣剛捕的魚，我立刻陪他去看魚。少爺很開心，先買了大螃蟹，再買了條四、五斤重的鯊魚。

漁民把鯊魚的肚子剖開，哇！跳出七條小鯊魚，牠們活蹦亂跳，一放到水裡，立刻游走了。

少爺笑著說：「讀萬卷書不如行萬里路，今天終於親眼看到，鯊魚是胎生的動物。」

嘿嘿……少爺這一笑，忘了要去六十四個島走一遭。

漲潮了，海水淹上來，水師的屋子都浸水了，我們划著小船回去，還是睡大船吧！

黑色的大水溝

晚餐後，天色清朗，我和少爺悠閒的躺在甲板上。初更時月亮還沒升起，滿天星子、燦爛的銀河格外耀眼。

少爺坐起來，指著海面說：「上頭有一片天，海上也有一片天，上下合起來就像顆圓球，我們就坐在球裡晃呀晃。」

「我只覺得天涼了，是不是該去睡覺？」我打個呵欠問。

「福大，面對如此美景，你卻只想到睡覺，你真是個俗人啊！」

「俗人有什麼不好，吃飽睡，睡飽吃，無憂無慮，就算神仙跟我換，我也不要。」

少爺搖搖頭，讓我點燈，他沾墨寫詩。才剛寫完，烏雲就攏上來，剛才的星空、星海全消失了，四周黑漆漆，什麼也看不見。

我正想扶他去休息，這時少爺突然想起，有人曾經跟他說過，漆黑的海上，若是拍打水面……

我們換乘小船，少爺把船槳擊在水上，水光飛濺，像是無數珍珠落進水裡。神奇的是，水珠一落入海裡，水面立刻閃耀藍色光芒，幽幽微微，晶晶亮亮，光芒漸漸躍向外圍，包圍著船，久久才熄滅。

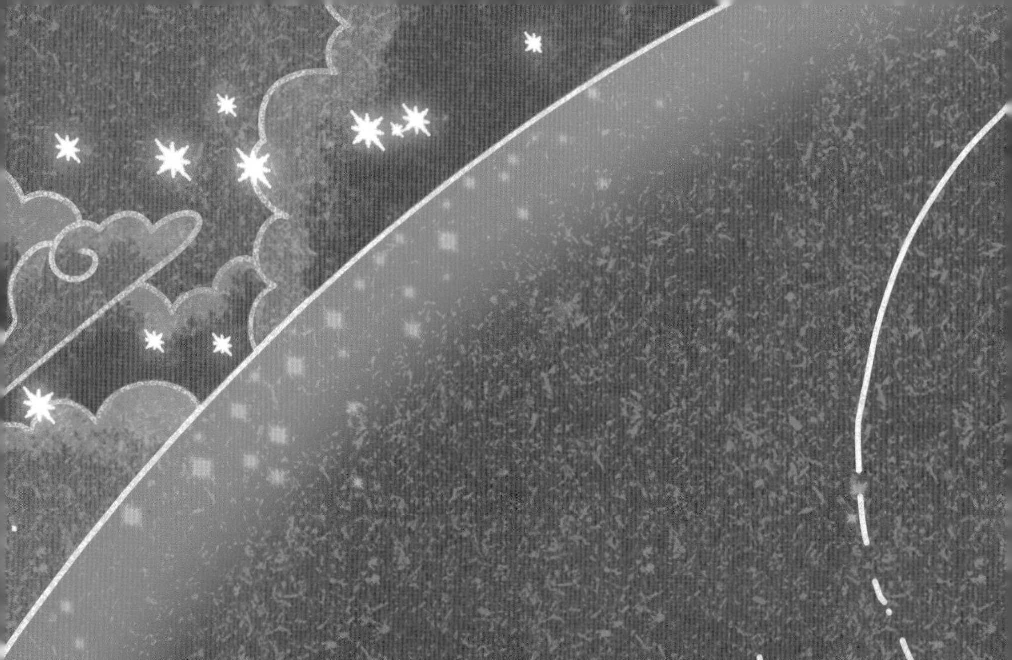

「真是太壯觀了。」我說。

「沒來海上，哪裡能看見這個奇景啊！」少爺滿意了，終於肯睡了。

那天晚上，我睡得特別的沉，睡在船上就像躺在搖籃裡，而且夢中還有片藍色的光。我睡得好舒服，直到第二天，才被船老大的叫聲喚醒。

「重頭戲來了，前面就是黑水溝啦！抱緊船舷，少說話。」

聽了他的話，沒人敢嬉鬧了。船舷外，我的觀音菩薩！那水像墨那麼黑，木船往下一沉，就像開進一條黑色的大水溝。

黑水溝的水流速度好快，木船嘎吱嘎吱的響著，好像隨時會解體。儘管船老大拚命控制船駛的方向，但是這麼強勁的海流，想闖出去，除了能力，還要幾分運氣。

水流快，味道臭，腥臭的氣味瀰漫著。少爺指著船底下讓我看，只見幾條紅黑相間的蛇，正繞著船游。

船老大拿出紙錢，往空中一撒，陰暗的天空，黃色紙錢在空中飛舞。

唰——驀然間，一道光穿破雲層，直照在前方，無數的飛魚跳出水面，好像要帶領我們前進。

王師爺拉著我跪下，「福大，我們來求求媽祖婆吧！」

「媽祖婆？」

「唐山過臺灣，全靠祂保佑。」

我望著天空，天很大；我看著大海，海很大。我們的小船在大海上走，隨便一個巨浪都能把它掀翻，這種時候，真的只能寄託媽祖婆了。

「媽祖婆啊！請保佑大家平安到臺灣……」我默默的祝禱完，抱著船舷，任由海潮上上下下、起起伏伏。

時間好像過了很久很久，彷彿黑水溝過不完似的。

浪花打上來，少爺暈得更厲害了。我抱著他，聽他呻吟，幫他祈禱：「少爺，媽祖婆會保佑我們，福大命大一定過得去的。」

當一陣陣沒完沒了的起伏過後，我感覺海的力量變小了。接著，又晃了不知多久……

終於，吉祥的鑼聲響起來了。

船老大長長的臉露出笑容，「臺灣到了，臺灣到了！」

我扶起少爺，看著一列高山在雲霧裡或隱或現的，我們真的到臺灣了！

萍水相逢胡說一通

幾隻水鳥飛過眼前，臺灣的山稜線越來越清晰。少爺還在暈船，臉色蒼白，神情卻很激動。

「到了，我們到了。」他興奮的想跳下船去。

我拉著他，「還遠，你別急。」

真的還遠，船要先從鹿耳門進去。

這裡說的「門」，其實只是一個

兩岸沙洲間的水道，寬約一里。

少爺說：「當年鄭成功打紅毛人，就是趁著大潮，從鹿耳門進去的。」

原來今天走的，是鄭成功當年的路徑！大家都站起身來，想看個仔細，但前面的船已經開始排隊了。沙洲上的士兵，登上每艘船檢查，確認完了才放行。

進了鹿耳門就是內海了，這裡寬得和外海一樣，我們發出一陣歡呼，船老大卻要我們坐好。

因為……

他神情緊張，小心的控制船隻前行。

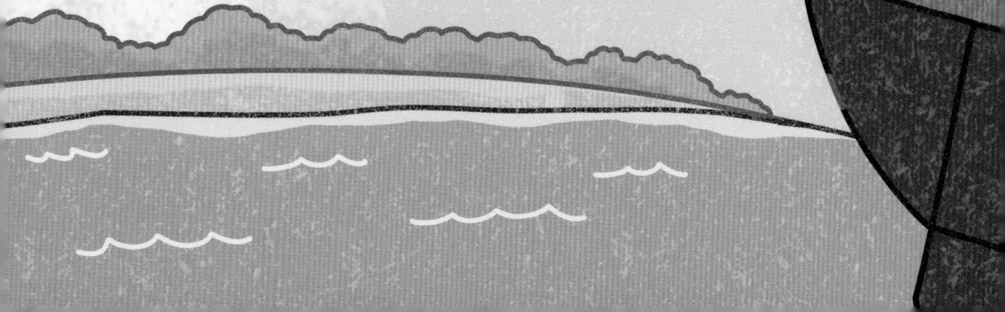

雖然說是海，內海的水卻很淺，中間儘管有條深水道勉強能行船，但狹小彎曲，難怪船老大那麼謹慎，生怕擱淺。內海的一邊是安平城，一邊是赤崁城。我們要去對面的赤崁城，無法直接橫渡，得先跟著水道划到安平城再轉向。四周有很多船往來奔波，為人載貨載物。我們差點撞到一艘奇怪的船，船上全是黑人水手，我們好奇的看著他們，他們也好奇的盯著我們。

少爺好像跟他們很熟，朝他們說了一串我聽不懂的話。

「#$#@%%」那些黑人也說。

「&%$#@#」少爺又說，然後大力揮著手。

哇！我家少爺學問這麼好，連黑人的話也會說，全船的人都敬佩的望著他。

「少爺，他們說什麼？」我問。

「我哪知道啊！」

「你瞎編的啊？」

「人家說四海之內皆兄弟，我們萍水相逢，當然要胡說一通，哈哈哈。」

我白他一眼，真沒見過頑心這麼大的「大人」。

越往前，船越多，有紅毛人，有黑人，也有很多白人，他們的船大，載貨也多，聽說主要來往在南洋與扶桑國之間。

到赤崁城時，天色晚了風又大，我們進不了城，這一晚就先留在船裡。

隔天一早，我們先划小船，到了更淺的岸邊；直到小船無法再過去了，少爺又僱了牛車來拉。

這麼淺的水，我跟在旁邊跑，跑著跑著就進城了。

少爺掰著手指頭算，「二十一日從廈門出發，到了這裡共花了四天四夜，和我們同時出發的十二艘船，有一半跟我們同時到，有兩艘比我們早，其他幾艘卻看不見船影。」

「同天出發，又是走同樣水道，為什麼不能同時抵達？」我問。

「這就是唐山過臺灣困難的地方，海風陰晴不定，就算兩艘船同時走，一艘遇到順風，另一艘卻可能是逆風，人生的福禍立刻有了差別。福大，都是託你的福，我們才能順利到臺灣啊！」

我哼了一聲：「順不順利誰知道呢？因為你還沒有在臺灣『玩』啊！」

「福大命就大，有你在我身邊，我到哪裡都不怕。」少爺咧開了嘴，搖著扇子，笑了起來。

不識字怎麼做生意？

一到臺灣府，我暈車了。

少爺幾乎不敢相信，「福大，你坐船時不會暈，回到陸地坐車卻暈得七葷八素，這是怎麼回事？」

怎麼回事？我怎麼會知道！

臺灣府不產馬，雖然有上萬個士兵，卻沒幾匹馬，一般的官員坐轎子，普通百姓就搭牛車——黃牛拉的車。

少爺一看到牛車，立刻就玩上癮了，只要出門，就會喚我去僱牛車。

別看牛車晃晃悠悠的，我每回坐上去，就覺得自己又回到了黑水溝，人在車廂裡起起伏伏、上上下下，那種感覺真的很難受，每回坐牛車，每回都暈車。

「少爺，饒了我吧！你坐車，我用跑的好了。」

「福大，這怎麼行呢？人家一看，有牛車不讓僕人坐，都會怪我虐待你。」

「我……」我只覺得一陣不舒服，連忙跑到甘蔗田裡，把午

餐吃的香蕉還給大地，「我……我真的喜歡走路。」

拉車的牛呢？牠正開心的嚼著甘蔗葉，理都不理我。

也許我沒有玩的命吧！

我家少爺自從到了臺灣府，出入坐牛車，天天找朋友玩。

今天，跟知府大人吟詩寫字。

明天，和司馬大人比賽射箭。

後天，聽說已經和幾個讀書人約好猜字謎，還要去天后宮還願，向媽祖婆道謝，謝謝祂保護我們在來的路上安然渡過黑水溝；等到我們回去時，還要請祂多多幫忙。

而我只能苦命的跟著牛車跑，跟著他四處玩耍。

我實在忍不住問：「是不是該收心，準備採硫磺土了？」少爺「啊」了一聲：「你不說，我倒快忘了，好啊！你就陪我搭牛車去採購設備吧！」

「搭牛車？我看我還是跑著去，把空位留給設備吧！」

天后宮外頭是長長的市集，擠滿了人。

這裡什麼東西都有人賣，小販用牛車拉來整車的貨物，滿車的芝麻、花生、甘蔗和衣物。當然也有很多人，挑著籮筐來做小生意，賣自己種的蔬菜、自己編織的籃蓆，幾家打鐵鋪終日冒出火舌，還有幫人訂做衣服的裁縫、為人修整門面的剃頭師傅……啊！還有一籃籃各式各樣的香梨、芭樂……

臺灣水果多，少爺又喜歡吃，見了就要我去買。

買東西，我如果給的是臺灣府庫發的銀錠或銅錢，他們多半搖搖頭，不肯收。

「沒見過，會不會是假的？」賣李子的小販說。

我指著上頭，「不識字

啊？這裡有寫『康熙通寶』四個大字嘛！」

小販陪著笑臉，說道：

「小哥，我真的不識字，您還是給紅毛幣吧！」

紅毛人的銀幣有圓的，有長方的，上頭一邊印了個番花的圖案，簡單好認。

而銅錢……銅錢上面寫著「康熙通寶」，我笑他，「不識字，怎麼跟人做生意？」

小販的脾氣好，「所以只敢收有番花的紅毛幣。」

我把這事跟少爺說，少爺瞄了我一眼，「說人不識字，那你就識字啦？」

「我認得錢，錢上的字可不認識我。」我呵呵一笑，在臺灣府跟一般百姓做買賣，付紅毛人銀幣；和官員做交易，就用府庫的銀錠或銅錢，「這麼簡單的事，何必去認字。」

眼見為憑

福大，你這是準備享用一頓水果大餐嗎？
少爺說過，人走到哪就要學到哪！臺灣是座水果寶島，好多沒見過的水果，所以我要全買回來，好好認識認識。
那買水果的錢，就從你的工錢裡扣嘍？
嚇！
開玩笑的啦！如果想認識水果，不如實際到果園觀察。走吧！
啊？不能先各吃一口嗎？

聽說你們要去淡水

訂完了刀子、斧頭和鋤頭後，王師爺看看材料單，再跟打鐵師傅說：「還要十個一丈寬的鐵鍋……」

打鐵鋪裡，叮叮噹噹的聲音停了下來。打鐵師傅擦擦汗，「訂十個這麼大的鍋，你們要做什麼？」

我家少爺搖搖扇子，「我們去淡水採硫磺土。」

沒錯，為了去淡水採硫磺土，我們四處採買，光是買齊一百人份的生活物品，就忙了兩個月，那些米粟、鹽巴、豆豉、籮筐、鍋釜、木碗、竹筷等，成天用牛車往住的地方搬，現在就差採硫磺土的器具了。

沒想到，打鐵師傅愣了一下，再問一次：「淡水？」

王師爺納悶：「淡水怎麼了？」

「你們沒聽過嗎？淡水、雞籠水土惡劣，普通人去那裡馬上會生病，只要生病就很難活著回來；水師營的士兵一聽說要去雞籠、淡水，感覺就像要派他們去絕境般，你如果不相信，就問問這個兵爺吧！」

他說的兵爺，是個來買刀具的士兵，「我們水師春秋兩季換班防守，我去年能平安回來，已經是萬幸，再叫我去，我也不敢。淡水是蠻荒瘴癘之地，外加有射獵人頭的部落。諸位想想，就連我們這些天天鍛鍊身體的士兵都害怕了，更何況是你們……」

那個士兵看看少爺，「你這樣的文弱書生，哪受得了？」

他們越說，王師爺和少爺的呼吸越急促，尤其是少爺，拉著士兵，「你真的去過淡水？」

「當然去過！去年秋天，有個土匪在下淡水作亂，我們總兵帶了一百多人去追捕他；沒想到，兩個月之後，竟然沒人回來！下淡水的狀況就已經如此惡劣了，何況是雞籠、淡水，那裡比下淡水更遠、更險惡……」

「砰」的一聲，王師爺嚇昏了！我急忙扶起他，叫了半天，才把

他喚醒。

王師爺勉強睜開眼睛，「我上有老母，下有稚子，不……不能去啊！」

一旁的打鐵師傅忙著給意見：「郁大人何必自己去呢？就讓王師爺帶些僕人去，您留在臺灣府，讓他們替您採硫磺土回來啊！」

「派……派我去……」王師爺臉色蒼白。

打鐵師傅點點頭。

「砰」的一聲，王師爺又暈倒在地了。

「你別嚇他。」我連忙扶起王師爺。

少爺問：「淡水和雞籠是瘴癘之地？」

士兵點點頭。

少爺瞪大了眼睛，「當地部落會來襲擊？」

士兵和師傅點頭稱是。

少爺雙手一拍，「這麼精采、這麼可怕的地方，怎麼能不去看看呢？」

「那裡危險啊……」王師爺幾乎快哭了。

「哪裡不危險呢？」少爺安慰他：「淡水有瘴癘之氣，有鬼物作怪，既然我們知道了，只要事先做好防備，小心謹慎就能避開危險。現在去淡水，有水、陸兩條路線。走水路，雖然船船可以載運大半物資，但聽人說海上危險，遇到急難時沒有港口可以停泊；走陸路，可能被沿路部落攻擊，而且要逢山開路、遇水架橋。這兩條路你想選……」

「我搭船！」王師爺想也沒想，「海上雖然有風，但至少不用走路。」

「所以，我們搭另一艘船？」我開心的問。

少爺拍拍我的肩，笑呵呵的說：「臺灣的山川草木，我可沒見過啊！福大，我們搭牛車遊臺灣吧！」

「搭牛車？從臺灣府搭到淡水？」我的腿一軟，「我會暈車啊！」

山高水長，怎麼去淡水啊？
走水路？
走陸路！
水陸並濟？
先水後陸。
大家一起討論是很好，但人多口雜怎麼辦？
少爺，不如我們就先去問問媽祖娘娘吧！
媽祖
問我？先等等，讓我先問過眾神，再給你們意見。
媽祖
走水路。
土地公
走陸路。
財神
水陸並濟吧！
托塔天王
先水後陸啦！
「集思廣益」就是比較各種意見的優缺點，找出最好的方法。

走不完的路

四月初七，王師爺跟著兩艘船行海路，我們僱十五輛牛車走陸路，從府城出發，要去淡水了。

車夫是當地的原住民，陪我們前往的顧敷公說，府城到淡水，每過一個社，就換一個當地車夫，他們對地理環境熟，不會把我們載去賣掉。

「就算賣你也賣不了多少錢。」不愛笑的顧敷公對我說。顧敷公像個冷面笑匠，說出來的笑話都很難笑。他是府城在地人，從父親那一輩就來臺灣，年紀大，老板著臉，卻愛說

沒人笑的笑話，我私下叫他「冷面爺爺」。

長長的一列牛車，先抵達大洲溪，再到新港社，然後經過嘉溜灣社和麻豆社。這裡的村落乾淨又清爽，種稻也種甘蔗，村裡總有棵特別高大的樹，樹下掃得乾乾淨淨，應該是他們聚會的地方。

村民對我們都很友善，向他們要清水和食物，也很容易溝通。顧敷公家族在臺灣住了兩代，他說這裡的村子離府城近，從鄭成功時代，就是最早接觸漢人的村落，如果他們綁起辮子、穿上漢服，看起來和我們沒有兩樣。

從麻豆社出來，天黑了，我們又趕了一段路。我跟著黃牛走在牛車邊，走得昏昏欲睡，頭都快撞到腳了。這時，忽然發現前方有燈火，幾個士兵攔住去路，問我們要到哪裡去。

「我們去淡水。」我說。

「這裡是佳里興，你們走錯了。」

「走錯了？」

「佳里興靠海啊！你們應該往北走……」

我們埋怨車夫
白白浪費大半天，
少爺卻興奮

的說：「怎麼會呢！我多認識了一個佳里興社啊！」讓他更開心的是，佳里興的守備是他的老朋友，兩人有說有笑，這下子連晚飯都有人招待了。

隔天一早，我們回到麻豆社，渡過幾條溪，車隊走到倒咯國社時，天黑了。

四周暗得什麼也看不見，該睡了。少爺擔心，王師爺押船走海路，船輕水快，他們不知走多遠了。

「福大，趕趕夜路吧！」

少爺一聲令下，我們的車隊點起火把，緩緩前進，遠看像是一條走動的火龍。經過了急水溪，

渡過了八掌溪，這一路實在走得太睏了，我扶著車子，迷迷糊糊的走，有時走到打瞌睡，等我張開眼睛，發現自己竟然走在懸崖邊！

天亮時，來到諸羅山，但車隊沒休息，繼續趕路。

我好像走到完全沒感覺了，只聽車上的顧敷公喊著：牛跳溪、打貓社、山疊溪……最後經過他里霧社，抵達柴裡社，少爺決定可以過夜了。

那一夜，我躺在牛車上，青蛙的叫聲很吵，呱呱呱呱，我在蛙聲的夢裡也在趕路，呱呱呱呱，走不完的路……

隔天早上，我們繼續往前走，一路過溪涉水，一路穿過被刺竹包圍的村落。

渡過虎尾溪，我找不到老虎的尾巴；經過西螺溪，溪裡摸不到螺。

最可怕的是東螺溪，它的溪水湍急，過溪的時候，連乖順的牛都害怕起來。車夫發出命令，黃牛卻抵足不前，冷面爺爺好聲好氣的安慰牠們，直到帶頭的黃牛終於動了，其他的牛隻這才認命的往前，半游半浮的把車拉過去。

我跟著牛車走到一半，腳突然踩了個空，整個人陷進黑色的溪水中。

那是一瞬間的功夫，我的兩手在水中拚命的划，前塵往事

突然全冒了出來。家鄉的田野、母親的笑容、弟弟妹妹爬到樹上叫我，而我卻在黑水裡掙扎……

這時突然有隻手破水而入，拉著我的辮子，把我死命的拽了出來——是冷面爺爺，「唉呀！福大，這種水不能喝。」

冷面爺爺救人，依然不忘開玩笑。

少爺不讓我繼續走路，硬要我躺在牛車上，但是我先是浸了水，全身發冷；過了溪又遇上大雨來襲。我們在雨中走了三十里路，終於來到大武郡社，社裡的人急忙為我們準備薪火。

我好累好累，躺在溫暖又舒適的火堆邊，半夢半醒的，迎著火光看著戴滿珠寶的天神冉冉下凡。天神穿著畫滿圖案的服飾，戴著各種奇形怪狀的帽子，在仙樂裡翩然起舞。

「福大，福大。」

迷迷糊糊的，從很遠的地方，有人在喚我。睜開眼睛才發現，原來是神情焦急的少爺，「你昨晚發高燒，現在燒退了，感覺怎麼樣？」

我坐起身，一時間還弄不清自己在哪裡，想了好久才終於想起來，昨天我在趕路途中落水，後來淋雨，最後看見許多天仙……

而天仙們現在就站在我面前，原來是大武郡社的原住民。他們的紋身圖案繁複，像華麗的彩衣；他們的手腕上掛鐵鐲、耳朵掛鐵環，像別緻的珠寶；他們的頭髮綁出不同的辮子，加上雞毛、鳥羽做裝飾……

「沒事了，沒事了。」本來我還以為天仙來帶我升天呢！

睡了一個溫暖的覺，精神好了，我連坐牛車上也不怕。

中午時分來到半線社，半線半線，

難道我們的路程走一半了？

半線社的頭目好客，要我們先留在半線社好好休息，等休息夠了，再去闖石頭路。

十二日，我們走進石頭路，見識它的樣子。

路很小，剛好只夠牛車前進；路上的草比人還高，如果走進去，肯定看不見人。

路上大大小小的石頭很多，牛車走起來又蹦又跳的。我本來坐在車上，只覺得屁股不斷的被彈高、落地、彈高又落地。震得我急忙跳下車，覺得還是走路好。但是地上的石頭又硬又尖，走沒幾步，我就在冷面爺爺的冷笑中，又逃回車上。

牛罵石頭社

過了溪，是沙轆社。那天是十三，我們在狂風中走到牛罵社。石頭路從半線社開始，一直延伸到這裡。這麼難走的路，連牛也想破口大罵吧！這一定是「牛罵社」的由來。

冷面爺爺聽完，冷冷的說：「好好好，好聰明。」

他的口氣根本不像在稱讚嘛！

「不然就是牛罵石頭社。」我補充。

冷面爺爺搖搖頭，連稱讚都懶得給了。我看了看一旁的黃牛，牠嚼著草，好像也沒空罵石頭。

牛罵社的屋子建在高臺上，空間很狹窄，但少爺卻很喜歡這種居高臨下的感覺，還說：「要是能多住幾天就好了。」

少爺說話的時候，突然傳來一陣「吼吼吼吼吼」的聲音，冷面爺爺說那是「海吼」。

「海吼會怎樣？」少爺問。

「海一吼，雨就來。」冷面爺爺說。我們卻只是笑一笑，沒有把他的話放在心上。畢竟現在陽光普照，哪有可能下雨？

結果，隔天起，大雨下了整整十天。

少爺的願望實現了，我們真的在這裡住了十天。

天天坐在屋簷下，看著雨像瀑布一樣從空中落下來。雨這麼大，每條溪都漲大水，根本過不去。少爺有時寫詩，有時練字，有時記掛溪水退了沒有，想到就派我去溪邊看看；有時想起王師爺那兩艘船，擔心他們的安危，但我們又能怎麼辦呢？

「要是有什麼方法，能立刻聯絡他們就好了。」我說。

冷面爺爺搖搖頭，「想作法找人嗎？這村子倒有巫婆。」

你看，他又在說笑話了。

有一天，我的席子上長出幾朵白色的菇。少爺坐不住了，

趁著天色稍稍放晴，他決定，「你們看那座山，山裡不知道住著什麼樣的人，我們去看看吧！」前幾天下大雨，被雲霧遮住的山巒，現在看起來又高又陡。

冷面爺爺說：「憑我的經驗，山裡有野人，他們如果埋伏起來射箭……」

少爺拍拍手，「太好了，去會會野人。」

他說走就走，我卻得拿出砍刀，奮力劈荊砍棘，勉強開出一條路。這種白白浪費體力的事，也只有少爺愛做，他雖然是個書生，卻很喜歡爬山，再累再苦，也不會要我背他上去。

終於，終於，我們費盡千辛萬苦爬到「山頂」。

山頂上遍布著密不透風的樹林，看不見後山，也看不見大海，抬頭只能從樹葉間透出一點藍天。

野人不會來這裡射箭，因為還不用射箭，敵人就先被密林困住了啊！

樹頂傳來一陣「吱吱吱」的叫聲，是幾隻猴子，牠們躲在樹叢裡，上上下下的跳，搖晃樹枝，像要趕我們走。

少爺頑心大起，故意站住不走，惹得猴子生氣了爬下來，齜牙咧嘴的又叫又跳。

樹枝間也有蛇，牠們

竄出來，嚇得我大叫一聲，催著大家：「走了吧！走了吧！」

走了吧！二十三那天，少爺也是這麼說。溪水還沒完全退去，但

他等不及了，因為他擔心海上那兩艘船，一聽人說曾在海邊見過兩艘船，就趕著我們在急水中過了溪，經過大甲社、雙寮社到宛里社過夜。

這邊的人衣著裝飾得更奇特：樹皮做帽子，耳朵穿洞，海螺做裝飾，而且他們多半躲在屋裡，想跟他們討點水也很難找到人。

隔天早上，繼續趕路。

過了吞霄社、新港社後不久，少爺拉著我說：「你聽。」

我豎耳聽半天，只聽到海風呼呼。

「有人在哭。」他肯定的說：「而且哭得很傷心。」

雨天就算了，居然還連下了十天！倒楣的事情還不只這一樁……
喔？還有更不順的嗎？說來聽聽。
借宿的屋子裡，到處都是蚊子。
生火的木柴，全都被雨打溼了。
但是，如果靜下心來聽嘩啦啦的雨聲，放鬆又助眠；雨過天晴之後的夜空，會有滿天星斗，這可是雨天限定的美景哦！你看——

王師爺奇遇

嗚……嗚嗚……

誰在哭啊？我站到牛車頂，發現前面有個人，衣衫襤褸、披頭散髮，赤腳站在路邊哭。

那身影……

「王師爺！」我認出來了，連忙跳下牛車，把他扶過來。

渾身顫抖的王師爺喝了水，吃了餅，又好好的哭了一陣，這才定下心來說話。原來他們的船沉了，很多人沒能活著上岸。

「你們究竟遇到什麼事？」少爺問。

「初三登船，等到十八，才有微風把船吹出鹿耳門。」

「等風就等了十五天？」我問。

王師爺點點頭，「結果，一出了海，船帆和舵不協調，我們的船差點被黑水溝拉走。船在海上，巨浪滔天，黑水溝的力量又強，附近沒有碼頭，一整夜沒人敢睡覺，只能向媽祖婆求救。隔天，南風大了，船行速度也變快了。」

「那是媽祖婆顯靈。」我笑說。

王師爺眼睛瞪得大大的，「風太大，舵牙斷了三根。」

「這樣該怎麼控制方向啊？」少爺說。

「大風中，飛來數千隻蝴蝶，牠們繞著船飛舞。大家都說這是不祥的預兆！」他望著我們，「而且，蝴蝶才剛飛走，又飛來幾百隻黑色的鳥，啾啾啾啾的叫得人心慌慌，打不怕、趕不走，好像要跟我們說什麼……」

我可以想像到那個景象，海中無依的孤船四周，飛來了這麼多鳥，「這下該怎麼辦呢？」

「我們敲鑼打鼓，也燒金紙、銀紙，但不管我們做什麼，好像都沒用。風好大好大，鳥好多好多，船被牠們的重量壓得好像快沉了。」

「怎麼不再求媽祖婆呢？」冷面爺爺問。

「有啊！我們向媽祖婆擲筊，請祂保佑船隻平安，可是擲

了幾次筊，媽祖婆都沒給聖筊；我們改成祈求人員平安，祂才終於答應。」王師爺說到這兒，勉強笑了，我們聽了，也慶幸媽祖婆沒有放棄他們。

但是，他的歷險還沒完，不然，也不會在我們面前哭了。

「大家怕船太重，先把一半的貨物丟入海裡。半夜有人看見岸邊有火光，判斷那是個港口，可是那個港口的水太淺，船進不了港，只能勉強下了椗，讓船停在海上。

原本想等到白天再想辦法，船碇卻被浪沖走了，船開始往外海漂，船舵也在這時斷掉，船頭被浪沖裂……」

「怎麼辦？」我們問。

「操舟師傅教大家『划水仙』，祈求能活著上岸，我們也沒有其他的辦法，只能死馬當活馬醫了。」

少爺很好奇，「什麼是『划水仙』？怎麼『划』呢？」

「人人拿雙筷子，手上一邊做出划船的樣子，嘴裡一邊發出『鏘鏘鏘』的聲音，就像……」

「端午划龍舟？」我問。

王師爺點了點頭，「很奇妙，我們划了水仙之後，船真的

就靠岸了！眾人才剛跳下船，那艘大船立刻就被海浪拍碎。會游泳的人，幸運的游

上了岸；不會游泳的，我再也看不到他們了。」

王師爺說到這兒，又嗚嗚咽咽的哭了起來。

少爺拍拍他的肩膀，「和你同時出發的另一艘船呢？」

「他們……」王師爺拭拭淚：「他們走得很快，十八日同時出發的，卻比我們先走了幾百里，我跟在後頭，不知道他們到哪兒了？」

野牛、野鹿與飛蟲

二十五那天，車隊爬過三座山，來到中港社。

該吃飯了，大家都很開心，我卻發現少爺不見了。

找到他時，他蹲在一個木籠子邊看著，裡頭有頭又高又壯的牛，只是籠子低，牛被壓得動彈不得。

少爺拿著青草餵，那牛倒是願意吃，只是眼裡滿是血絲。

冷面爺爺說：「這裡的山上有野牛，抓來了，先在籠子裡關幾天磨掉野性後，就能拉車，也能騎乘了。」

「好可憐哦！」少爺說。

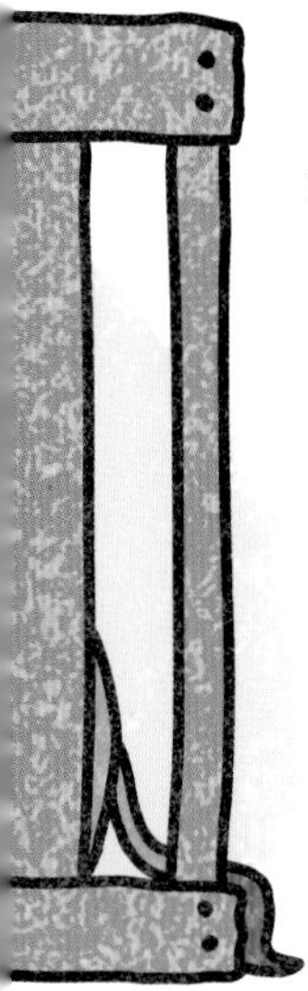

「可憐？現在幫我們拉車的牛，也是這樣來的。」冷面爺爺說：「從府城拉到這兒，誰比較可憐啊？」

吃完飯，我剛服侍少爺去休息，突然聽到有人喊：「牛跑了！牛跑了！」

中港社裡裡外外一片混亂，原來那頭牛撞破木籠，往山上跑了，社裡的年輕人組成搜索隊要去找牛。

少爺最愛看熱鬧，這下……

我急忙跑到他休息的樹蔭下，奇怪

的是，這麼大的聲響，他卻安安穩穩的睡覺。

「難道是你……」不然，那頭牛怎麼可能撞得破木籠？

「福大，有覺不睡是傻瓜，睡吧！」少爺翻身繼續睡，但我好像看見，他嘴角帶著一抹微笑。

哼！一定是！

過了中港社不久，經過王師爺失事的海灘，只見地上滿布殘骸，王師爺說到自己從哪兒登岸，在哪兒爬起來，那心有餘悸的樣子，讓人難忘。

我們說話時，也有兩個死裡逃生的工匠來了，他們被沖到不同的地方，講起求生的過程，都是淚流滿面。

少爺看到他們的樣子之後決定，「你們先留在這裡休養幾日，把大難不死的人找回來，我們的設備應該沒被沖遠。我留幾輛車給你們，你們找齊了，再跟上我們吧！」

王師爺點點頭，揮著手和我們道別。

從竹塹後，景色越來越荒涼，地上只有半個人高的草，看不見屋子也看不見人，想在樹蔭下休息卻連棵大樹都找不著。炎熱無風，杳無人煙。別說人，連牛都越走越乏了。

少爺拿出笛子，吹了起來。

冷面爺爺笑他，「坐牛車又吹笛子，你豈不是成了牧童？」

笛子的聲音很悠揚，彷彿能傳得很遙遠。

走著走著，忽然來了一群鹿，默默的和我們並行。難道牠們也被少爺的笛聲吸引？或者，牠們只是把車隊當成了同類，因此不會驚慌？

我拉拉少爺，少爺瞄了一眼，點點頭，吹得更起勁了。

天寬地闊，連雲都被引來了。幾朵雲遮住太陽，起風了，我伸個懶腰，發現一旁的鹿群還在，沒有要離去的樣子。

冷面爺爺悄悄的說：

「福大，看見那群鹿了嗎？

我放獵犬去追牠們。」

「好啊！好久沒吃鹿肉了。」

我回頭想看那群鹿，牠們卻已經跑得無影無蹤。

難道鹿群有讀心術，知道我們在想什麼？

進入南崁的密竹林後，路變得更難走了，牛車幾乎無法通行，我們都要輪流下來，用柴刀與密竹林奮戰。

少爺的衣服破了，我的草鞋爛了，大家渾身都髒兮兮的。

二十七那天，前方傳來海潮的聲音，大家精神一振，冷面爺爺說，密竹林外就是八里分啦！這下大家都很開心，奮力衝到外頭，正想歡呼時，四周突然傳來一陣可怕的聲音。

咭咭咭咭——咭咭咭咭——

遠方有片烏雲不斷的擴大，快速的朝我們而來，我和少爺還不知道是怎麼一回事，冷面爺爺已經脫下衣服包在頭上，並揮手大叫：「是蝗蟲，快跑！」

「什麼蟲啊？」我迷迷糊糊的問。

少爺拉著我，「福大，再不跑，連命都沒啦！」

我拚了命的跑，蝗蟲飛來的速度卻更快，牠們就像磚頭撞擊般擦過我的頭和手。這時，少爺跌倒了，我急忙用身體護著他，再用衣服緊緊蓋住自己。耳邊「咭咭咭咭」的聲音，有如狂風吹襲，隨著蝗蟲不斷飛過，一陣又一陣，沒完沒了的。

偶爾，還會有幾隻蝗蟲停下來，想鑽進我的耳朵和嘴巴。

我用力揮舞雙手，過了好久好久，才漸漸覺得蟲散了。

我趕緊爬起來一看，那片「蝗蟲烏雲」飛到了大河對岸。

站起身，拍落身上殘餘的飛蟲，冷面爺爺也追上來，專注的看著對面。

夕陽的金光，照得對岸半山腰的紅磚城堡閃閃發亮。河上有個雞心礁，河浪拍打在上方，激起雪白的浪花，而河面上還有幾十艘小船。

「那……那是？」我問。

「淡水。」冷面爺爺說。

湖邊採硫

渡過河，淡水社的長老張大為我們張羅一切。

少爺記掛的第一艘船早就到了，停在碼頭邊，船上的東西多半都還在。但是這艘船載的貨比較少，他盼望王師爺能把第二艘船的器具全都找回來。

我們留在張大家，他派人幫我們蓋屋子。等了五天，屋子蓋好了，我們就搭著

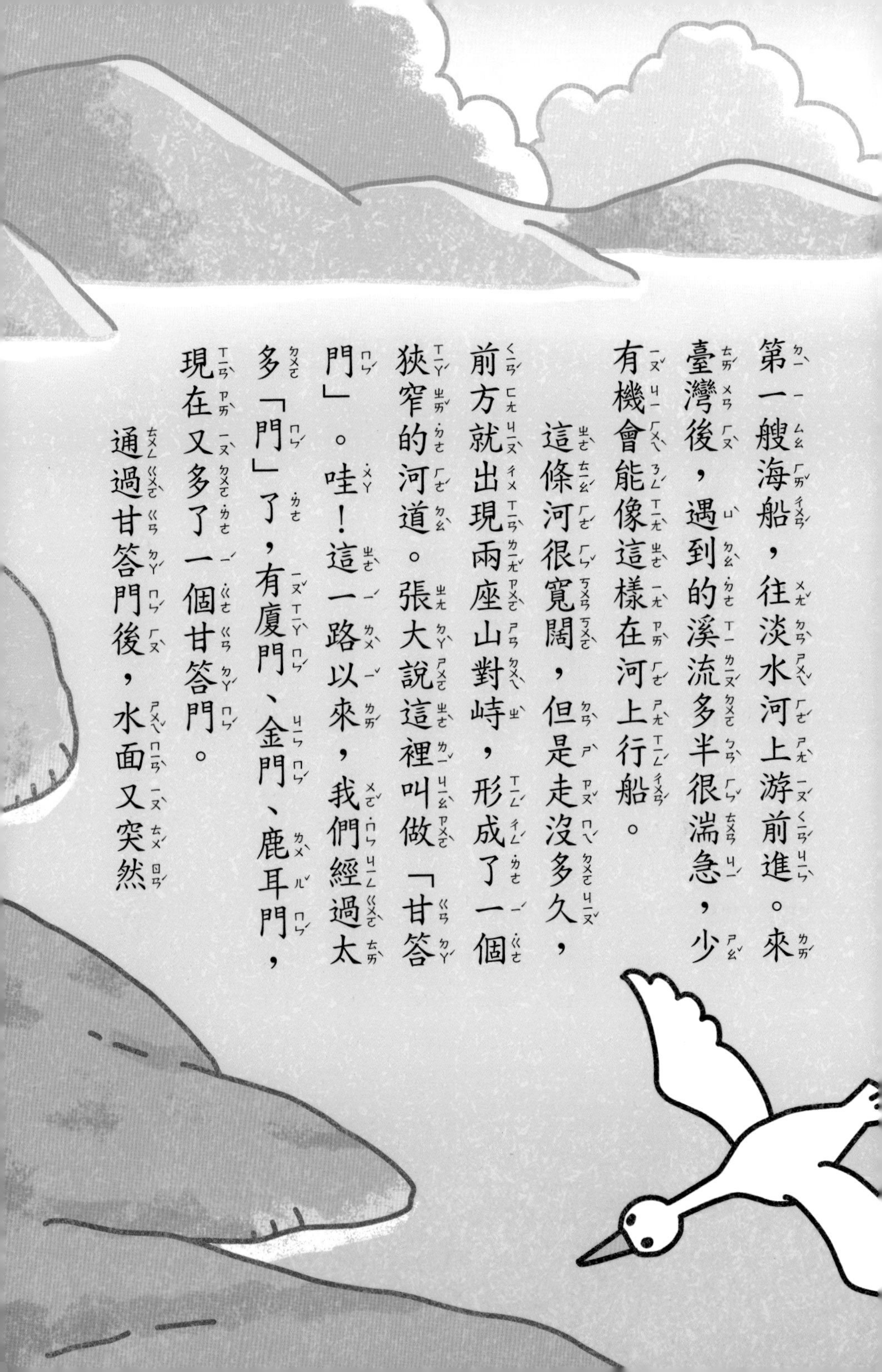

第一艘海船，往淡水河上游前進。來臺灣後，遇到的溪流多半很湍急，少有機會能像這樣在河上行船。

這條河很寬闊，但是走沒多久，前方就出現兩座山對峙，形成了一個狹窄的河道。張大說這裡叫做「甘答門」。哇！這一路以來，我們經過太多「門」了，有廈門、金門、鹿耳門，現在又多了一個甘答門。

通過甘答門後，水面又突然

寬闊起來，眼前是個望不見邊際的大湖，四周高山環繞，白雲在山頭飄，水鳥在湖面飛。

少爺看見大湖，不僅暈船的毛病好了，還吟了首詩。張大說：「這裡以前沒有湖，四邊都是山，有條溪流經過中間的平原，溪流沿岸住了麻少翁等三個社，大家生活很快樂。」

「那麼，這裡是怎麼變成湖的？」少爺問。

「兩三年前，地底突然開始震動，而且持續了好多天，震得三個社的人連夜搬家。說也奇怪，他們一搬走，平原就陷落了！結果溪水流進來卻出不去，就變成了大湖。你們仔細看一看，應該可以看見淺水處，還有當年人們住過的痕跡。」

「常聽人說『滄海桑田』，沒想到竟能親眼看見，」少爺感慨的說：「或許再過不久，這裡又會恢復成平原。」這麼大的湖，怎麼可能變成平原嘛！少爺真是愛說笑。

往前十幾里，有個較高的臺地，張大幫我們蓋的茅屋就在這裡。大大小小二十多間，背靠著山，面對著湖，屋子四周全是茂密的茅草。但是別看屋子多，兩間用來煉土，六間用來裝硫磺土，七間用來讓工人住，再加上廚房兩間，其實也沒剩幾間屋子讓我們住了。

我搬好東西，坐在屋前看著渺渺湖面，突然聽到一陣轟隆轟隆的聲響。

「是地震嗎？」我擔心，要是這裡再往下陷落，會不會變成海啊？

「不像，」少爺說：「比起地震，還比較像瀑布，等過幾天有空，我們上山找找。」

這裡除了我們，再也沒有別的屋子了。傍晚時，湖面升起白色的霧氣，天上的星子特別的明亮。沒風的日子，湖面也有星光，原來是草叢裡飛出的螢火蟲。有時我看著看著就忘了，還以為是天上的星星落到人間，一閃一閃，四處飛動。

五月初五是端午節，我們正忙時，淡水社的人划著「莽葛」這種獨木舟過來。我仔細一看，原來是王師爺！我急忙把少爺

找來。王師爺找回了不少東西，包括冶煉硫磺土的七十二件器具，還有一口大鐵鍋。

王師爺看上去精神好多了，絲毫看不出當初落水那狼狽的樣子，少爺也放心了。

採硫磺土的屋子蓋好了，器具備齊了，要開始工作嘍！

少爺和附近二社訂了日期，那些社裡的頭目們，在約定的時間，駕著莽葛，陸陸續續到了。一時間，湖面停滿莽葛，屋外擺滿酒席，少爺請大家喝酒、吃糖丸。頭目們平時可能很少吃糖，一把糖放進嘴裡，都會露出笑容來。

「就這麼說定了。」少爺送大家出來，頭目們拿著布，提著酒，開開心心跳上莽葛，小舟一蕩，划進黃昏的湖面。

第二天，二十多社的人，用莽葛載著硫磺土來了。

一筐硫磺土，能換一匹布，冷面爺爺清點做紀錄，少爺則指揮工人提煉硫磺土。

要煉硫磺土，必須先把它們敲成粉末，再晒成乾土。鍋子裡先放進十多斤的油，再慢慢把乾的硫磺土放進去，由兩個人

負責攪拌。當硫磺土碰到油，我們要的硫磺就會流出來。

好的硫磺土，一鍋能煉個四、五百斤土來；劣質的硫磺土，最多只能煉出一、兩百斤。

屋前空地晒著硫磺土，屋旁大灶冒出火花，煙囪裡時時冒著白煙。少爺前前後後轉了一圈，跟我說：「你看，我像不像個富足的大老爺。」

這時山上傳來一陣「轟隆轟隆」的聲響，像是在回答他。

嚇哭韓愈的山

「天天工作得那麼累，還要去爬山？」冷面爺爺勸少爺。

「您就算不顧自己的身體，也要替家鄉的老夫人想想！」我也勸少爺。

少爺的決定是，「好吧！等休息時，我自己再去爬山。」

我們當然不能讓他自己去，於是找了麻少翁社的人，用莽葛載我們渡過大湖，來到山腳下，走進比人高的茅草裡。人一走進去，分辨不出南北西東，我雖然離少爺沒兩步的距離，但他的身影一下就消失了！要想找到人，還得出聲喊。

太陽很毒，茅草裡頭很悶，我走一下就覺得頭昏眼花。冷面爺爺年紀大，卻走得快；少爺身子單薄所以走不快，但很有毅力，一步一步，走了幾十里地也不喊累。

涉過兩條小溪後，進入幽深的樹林，樹上掛滿藤蔓，每一步都要很小心，因為不知道樹後躲的是老虎還是巨蟒！樹梢有很多鳥，或紅或白或藍，鳥聲婉轉千變。

涼風吹來，暑氣全消，對照剛才的酷熱，這裡簡直就是天堂！可惜，少爺目的地不在這裡，他還要往上走。山勢越高越陡，很多地方都要手腳並用的前進，爬過幾個山坡，遇到一條大溪，溪水很深，石頭卻是靛藍色的。冷面爺爺說，這裡的水來自硫磺穴，那些水很……

「燙！」少爺捂著手，他試過水溫，笑著說：「有這麼大一個發熱的水源，煮飯不費柴薪，洗澡不用生火，多好啊！」

「誰會專程來這裡洗澡？太累了。」我說。

「那你可以把家搬來這附近啊！」少爺笑著說。

「住這裡？傻了吧！哪個呆子會來這種山上住？」

確實，誰會好好的山下不住，跑來山上住呢？眾人說說笑笑，樹林突然消失了。再走過一座小山，我的鞋底傳來陣陣熱氣，路旁的野草也枯黃了。前面的半山腰，有一縷縷白煙陡直的升起，那不像是雲，冷面爺爺說：「硫磺穴快到了。」

越往前走，硫磺的氣味就越濃，再往前進半里路，放眼望去，四周光禿禿的，連草也長不出來，地面熱得鞋底都快融化了般。少爺還想往前，兩邊的山峰巨石纍纍，由地底噴出的白煙有幾十處，隨著煙還有水珠，它們向上飛騰一丈高。我不敢靠近硫磺穴，但少爺說：「你都走到這兒了，還不瞧瞧嗎？」

我膽顫心驚的往前一看，耳邊有雷聲隆隆，聲響卻來自地底，震得地動山搖，人也搖搖晃晃；震得溪水翻滾，不斷冒出蒸騰的白煙。

「你們看，這簡直就像個大鐵鍋，我們就走在鍋蓋上，」少爺四處看看，說道：「這麼大的一片地面，卻一直沒有陷落下去，或許是地下的熱氣撐著它吧？」

站在硫磺穴附近，我熱得受不了，但少爺卻對什麼都感興趣，還爬上一個特別大的穴口，我們想拉住他都來不及。突然一股毒火噴發出來，驚得少爺大叫一聲，幸

好有我在後頭接著他，兩個人連滾帶爬退後百來步，這才敢回頭看。

還好還好，毒火沒追來。少爺的臉都被熱氣薰紅了，卻還笑得出來：「我們福大命大，才能看到這麼壯觀的景象啊！」回家後，衣服上的硫磺味持續了好幾天，去都去不掉。我跟少爺說：「好好的休息日，你不休息，特地去那荒山裡走，結果什麼也沒看到，還弄得一身臭味回來。」

少爺「咦」了一聲，說道：「那天搭了船、鑽了茅草叢，還走進森林，聽見悅耳的鳥鳴，看見沸騰冒煙的硫磺穴……這些事你以前經歷過嗎？」

「沒有啊！」

「這種奇觀雖然險惡，但回想起來不覺得痛快嗎？」

「好像有那麼一點啦……」

「唐朝的韓愈登華山的蒼龍嶺，爬到一半就因為地勢太險而嚇得大哭呢！但是，如果沒去過那麼驚險的地方，又怎麼能寫出偉大的作品？我雖然不敢跟韓愈比，但是這趟旅行所經歷的神奇、危險，一定也能讓韓愈羨慕的，懂了嗎？」

我先是點點頭，但想一想又立刻搖頭，「少爺，你可別想去爬什麼華山什麼嶺的，否則到時候你哭也沒用，我可沒體力把你背下來……」

吹垮二十間房的颱風

好像是天氣太熱的關係，採硫工匠熱得沒胃口，連飯也吃不下去，沒過多久就一個個病倒了。他們的臉漲得通紅，卻不出汗，拜託淡水社的大夫來看也沒用。

隔幾天，王師爺開始拉肚子，每天要拉十幾次，到最後根本爬不起來。後來，煮飯的廚工也生病了。這下子，只能由我負責煮飯，少爺負責照顧病人。

冷面爺爺眼看不是辦法，決定由他負責把重病的人送回福

建，再找其他工匠過來代替。

王師爺也一起搭船回福建，他走的那天，按著我的手，說：「福大，保重啊！」

王師爺其實對我很好，從不把我當下人看。我看他病得瘦成皮包骨了，心裡也很難過，「王師爺，等你痊癒了，再來啊！」

我應該沒說錯話吧？王師爺卻聽得雙眼一瞪，呼吸急促，

猛催著眾人：「走走走，我再也不要來了。」

冷面爺爺瞅了我一眼，「又不是見不到面，你別哭了。」我……我哪有哭，只是風大吹得我紅了眼睛。想到大家一起從福建來，現在卻要分別……我揮著手，看著海船漸漸消失在遠方。

他們走時，天空紅紅的，天氣也悶悶的。奇怪，都快秋天了，怎麼還這麼熱？

沒錯，真的很熱，連吹來的風都是熱的。

隔天清晨，風更強了，當地人警告我們，颱風快來了！

「哇！颱風吔！我可沒見過。」愛玩的少爺跑到門口，張開雙手迎著風，開心的大叫：

「好涼的風。」

但他很快就跑回來了，因為天空滿是被風吹落的枝葉，狂風颳沒多久，大雨就跟著來了。二十幾間草屋，倒了一半，我和少爺想把病人移到安全的屋子，可是每間草屋都在漏

水，柱子搖搖晃晃，牆壁隨時有風灌進來，彷彿整間屋子都要被風吹走了。

大風吹了三天三夜，到了第四天，風雨又更大了！我們沒辦法煮東西，床泡在水裡，病人痛苦的整夜呻吟。好不容易捱到清晨天亮，我們的屋子卻再也禁不起強風了……當牆被風颳走時，我剛好看見

外頭的草亭子也飛上了天，它在空中旋轉、飛舞，轉眼整個分解成碎片。

「好……」少爺喃喃自語。不知道他想說的是「好可怕」，還是「好漂亮」？

四周山上流下來的水，全聚到我們這裡，然後再往下流進湖裡。湖水不斷上漲，風也吹得湖浪

一陣一陣，洶湧的拍向我們的草屋。水漸漸浸到了我的膝蓋，然後漫上大腿，「少爺，再不走就來不及了。」

少爺還想搬點東西走，但我拚命拉著他；我們兩人還沒走出屋子，水已經淹到我胸部的高度了。

那天晚上，我們跑進麻少翁社的一戶人家避難，用一件衣服換了一隻雞，還有一張勉強沒溼的床。

可怕的颱風颳了六天，少爺和我搭莽葛去山下搭海船，經過草屋舊地時，那裡只剩下一片平地，什麼也沒留下來。

用海船把重病的工人載回福建後，張大派人幫我們這些要繼續工作的人搭草屋。但七月底又有更猛烈的颱風來襲，風雨直吹五個晝夜。少爺卻告訴我：「這比錢塘江大潮還好看。」

我的身子縮成一團，冷得直發抖，現在我們人在山裡躲颱風，深怕被大水沖走，誰還有空想到什麼錢塘江啊？

躲颱風、蓋草屋、照顧生病的人……一直忙到中秋節，新的一批草屋終於蓋好了，我們在屋前升起火。

上回坐在屋前看火，好像是很久很久以前的事了，那時還有王師爺，還有愛說冷笑話的冷面爺爺，但他們呢？

少爺猛望著海的方向，我知道，他在等冷面爺爺。前幾天聽說福建來了幾艘船，冷面爺爺就搭其中一艘，只是在過黑水溝時遇上颱風……

射破二十六件衣服的箭

雖然中秋過了，但是這裡的天氣還是很熱。我在床上翻了大半夜，好不容易才快要睡著，突然又被什麼給驚醒了。

看看外頭，天還是黑的，屋裡卻亮亮的。一層淡淡的橘紅色光暈，把小屋照亮了。

那是什麼？

然後我就看見了一團綠色火焰，靜靜的飄

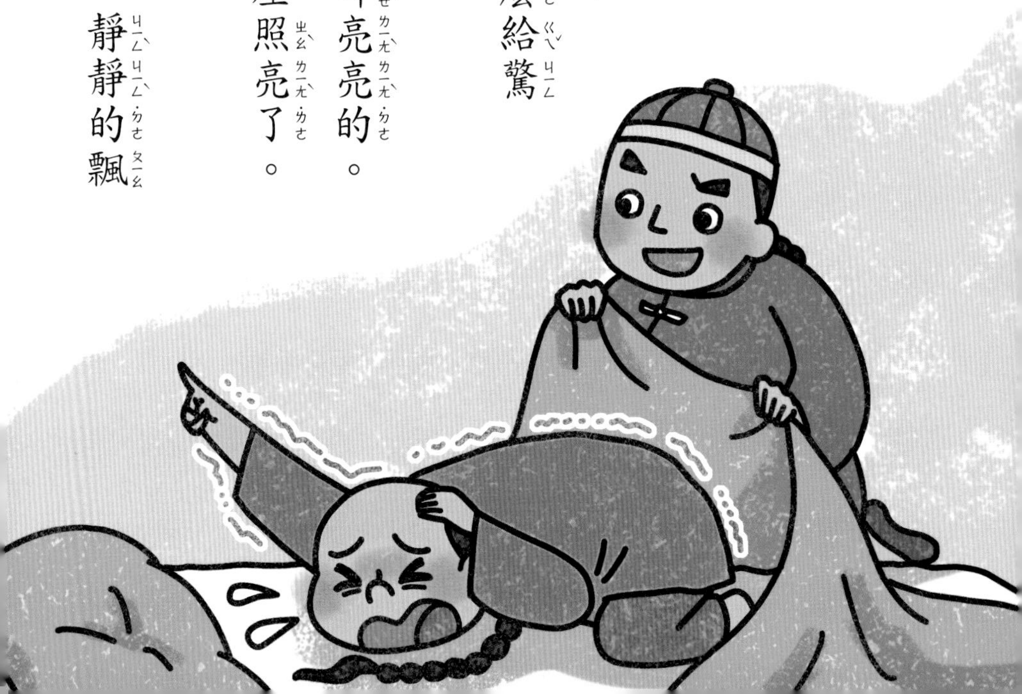

浮在屋角，維持在一個高度，動也不動，就像「誰」正盯著我一樣。

「鬼……鬼……」我想喊，喉嚨卻好像被什麼堵住了，發不出聲音來。

颱風過後，採硫草屋才剛重新蓋好，沒想到我第一次回來睡覺，竟然就遇到鬼了！我嚇得用棉被往頭上一罩，連滾帶爬下了床，「咚——」的一聲，整個人摔在地上。

「好痛！」

我終於能喊出聲音來了：「鬼……有鬼……」

隔壁房裡的少爺衝進來，拉開我的棉被問：「什麼鬼？」

「那裡……那裡……」我指著屋角，鬼火搖搖晃晃、明明滅滅，最後慢慢消失了，「鬼火！」

少爺笑著說：「少見多怪，我前幾天也看過。」

「你也見過鬼火？」

「常常啊！只是你都睡死了，叫都叫不醒。」

「那些鬼……」

「別擔心，那不是鬼。我發現，每次看見它們的時候，天氣都很熱，我想，你只要多看幾次就習慣了。」

「還是……還是挺可怕的。」

少爺大概睡不著了，在我床邊坐下，「書上說，那是磷火，是自然現象；真要說可怕，那些獵人頭的部落還更可怕呢！」

「你是說更深山裡的原住民？」

「有一晚天氣特別熱，我把棉被、衣服疊起來當枕頭，沒想到不知從哪裡射來一枝箭，不但射穿草屋的牆，還射破了二十六件衣服

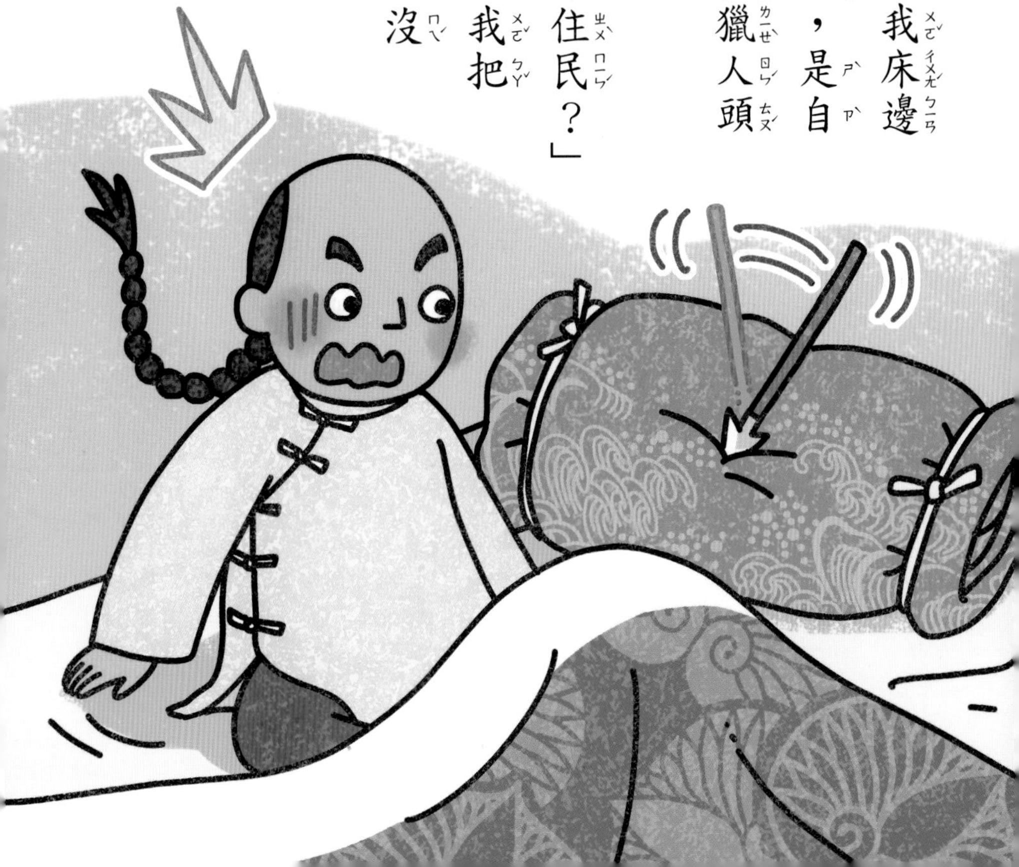

和兩層被子……」

「這件事我怎麼不知道？」我摸摸脖子，想像那枝箭若射中我……

少爺微笑著說：「那陣子王師爺病得重，如果讓你這小子知道，豈不是到處大聲嚷嚷？王師爺聽了要是病情加重，那還得了。」

我一聽，二話不說，立刻爬起來，把棉被、枕頭和衣服堆在牆邊，「這樣子總行了吧？」

「別想那麼多，我們趕快把硫磺土採完，就能回家了。」

一想到回家，那還得再經過一次黑水溝，冷面爺爺他們上回碰到颱風……

說到這兒，天色濛濛亮了，外頭有些騷動，不像平時來亂叫的水鳥，也不像來交硫磺土的莽葛小舟，倒像是……

有兩艘船正從淡水的方向駛來，遮住了晨起的日光，「潑啦——」的水聲，擾亂清早的湖面。

看！站在船首，捻著鬍子的，不就是冷面爺爺嘛！

「你回來啦！到底漂去哪兒了？

我們完全沒有你的消息，你也太……」我邊說邊衝進湖裡。

「回來就回來了啊！」冷面爺爺的口氣冷冷的，不過，他伸手弄亂我的頭髮，「才幾天不見，你這小子又長高了。」

真是個面冷心熱的老爺爺！我扶著冷面爺爺下船，少爺問他的事，他也是淡淡的，說是回程時海上突然沒風，東漂西蕩幾天後，又遇到颱風……

「明明就是危險得要命。」我說。

「幸好任務都完成了，病人送回去了，新工人載來了，這裡需要的器具也全買妥了。」冷面爺爺看著新蓋的草屋，「繼續開工吧！」

膽大心細

鬼火？少爺說過，這是磷燃燒的自然現象。
日食？少爺說過，這是天體運行的自然現象。
哼！我雖然只是一介書僮，但跟在少爺身邊久了，也學了不少呢！
姑娘，現在夜黑風高，你快回家吧！
咻
咻
姑娘……救命……有鬼啊！
福大，你怎麼啦？
咦？我看錯了！
面對未知事物先別自己嚇自己，鼓起勇氣並小心求證才是上策啊！

目標海南島

大湖邊的天氣，一天涼過一天，湖邊的菅芒花，開成一片金光燦爛。

就是這麼舒適宜人的秋天，終於，終於……少爺看看我，說了聲：「採完硫磺土，準備回家啦！」

我掏掏耳朵，沒聽錯吧？這個一向愛玩的少爺，自己討了個苦差事，來臺灣快一年，現在我們能回家了？

冷面爺爺推了我一下，「你啞巴啦？」

唉呀！不是夢，不是夢，我傻兮兮的笑了起來。來臺灣十個月，終於要回家了。

要回家，事情多，我們從十月一日開始忙。硫磺土一袋袋裝上船，器具一件件拆下來，能賣的賣人，不能賣的就送人。至於像是重蓋又重蓋的草屋那樣完全帶不走的，也只能留在湖邊了。

十月初四，少爺僱的兩艘海船要出發了。冷面爺爺坐一艘，我陪少爺坐一艘，在淡水跟張大說再見，出了海，等風來。

沒有風，船不會動。

三天後，風來了，風來了，強勁的北風把我們吹進大海。但是北風太強，黑水溝的浪太高，走沒幾里地，我和少爺就聽到一聲巨響，回頭一看，原來是後面那艘船的船桅斷了，那可是冷面爺爺坐的船。

「你們沒事吧？」

我們狂喊著，但是船和船之間隔著巨浪，想救他們也沒辦法……只能眼睜睜看兩艘船越離越遠，最後完全看不到對方。

少爺憂心忡忡，我安慰他：「上回冷面爺爺遇到颱風也沒事，他的命比你我還大呢！」

少爺苦著臉，「他們沒有船桅，只能隨風漂蕩，誰知道他們會漂到哪裡去……」

「擔心也沒用啊！少爺您別成天憂心忡忡的，小心把身體給愁出病來了。」

少爺勉強笑了笑，「憂心忡忡？不是啦！我是暈船了。」

暈船？這個天不怕地不怕的少爺，只怕暈船，整天在船上病懨懨的，吃不下也睡不著，看得我都心急了。

沒想到，初九那天，船家一喊，我們到了福建海鎮。

「到了嗎？」搶先一步跑到船首的，是少爺。

少爺仔細看看碼頭，興奮的大叫：「他們到了，天哪！他

們竟然先到了。」

「他們？」順著他的手指，海鎮港口停著一艘斷桅的船，站在船邊朝我們揮手的，不就是冷面爺爺嗎？

回來了，回來了，雖然離福州還有幾天行程，但不用再渡黑水溝，怎麼看都覺得行程已經圓滿。這個港口，商店沿著海邊星羅棋布，他們的漁船竟然比海船還要大！我大概是看習慣了淡水那樣的地方，現在再看這樣一個小小的港口，竟然覺得好熱鬧。

少爺拍拍我的肩膀，「福大，你的福氣大，我的命大，到哪兒都不怕。你看，我們這不是安全回來了嗎？」

當初一起出發的人，能平安回來的，竟然只剩我們幾個：

「那是運氣好……」

「運氣好？那是我命大，一路罩著你。你看，我們福大命大到哪裡都不怕，我計畫好了，下回可以去海南島，聽說那裡有種水果，外頭是木頭，裡頭全是水。怎麼樣？我們去海南島找那種木頭水來喝，如何？」

我往後退了一步：

「海南島，又是個島？」

古話今說

古人這麼說：

臺灣西向俯汪洋，
東望層巒千里長。
一片平沙皆沃土，
誰為長慮教耕桑。

現代的意思是：

臺灣的西邊能夠俯看汪洋，東邊則是有山峰連綿數里，一大片平坦的沙地都是沃土。

為了長遠的生計和發展考慮，應該有人來教導人民如何耕田養蠶，從事農業活動。

古人這麼說：

鐵板沙連到七鯤，
鯤鯓激浪海天昏。
任教巨舶難輕犯，
天險生成鹿耳門。

現代的意思是：

硬如鐵板的沙地向外綿延，連接到鹿耳門外的七座沙洲。沙洲激起了洶湧的海浪，周遭天色昏暗，即便再大的船舶都難以侵犯。

鹿耳門是如此天然的險要之地。

註：鯤鯓指圍繞著潟湖的大型沙洲，像鯤（傳說中的大魚）的背部浮在海上。臺灣當時有一到七鯤鯓。

繪童話

跟著歷史名人去遊歷：愛玩大少爺郁永河遊臺灣

作者／王文華　繪者／久久童畫工作室

總編輯：鄭如瑤｜主編：施穎芳｜責任編輯：周瑾臻｜美術編輯：黃淑雅

封面設計：楊雅屏｜行銷副理：塗幸儀｜行銷助理：龔乙桐

出版與發行：小熊出版・遠足文化事業股份有限公司

地址：231 新北市新店區民權路 108-3 號 6 樓｜電話：02-22181417 ｜傳真：02-86672166

劃撥帳號：19504465 ｜戶名：遠足文化事業股份有限公司

Facebook：小熊出版｜ E-mail：littlebear@bookrep.com.tw

讀書共和國出版集團

社長：郭重興｜發行人：曾大福

業務平臺總經理：李雪麗｜業務平臺副總經理：李復民

實體通路暨直營網路書店組｜林詩富、陳志峰、郭文弘、賴佩瑜、王文賓、周宥騰

海外暨博客來組｜張鑫峰、林裴瑤、范光杰

特販組｜陳綺瑩、郭文龍

印務部｜江域平、黃禮賢、李孟儒

讀書共和國出版集團網路書店：www.bookrep.com.tw

客服專線：0800-221029 ｜客服信箱：service@bookrep.com.tw

團體訂購請洽業務部：02-22181417 分機 1124

法律顧問：華洋法律事務所／蘇文生律師

印製：凱林彩印股份有限公司

初版一刷：2023 年 1 月｜定價：350 元

ISBN：978-626-7140-01-7（紙本書）、9786267224359（EPUB）、9786267224342（PDF）

書號：0BIF0043

國家圖書館出版品預行編目 (CIP) 資料

跟著歷史名人去遊歷：愛玩大少爺郁永河遊臺灣 / 王文華作；久久童畫工作室繪 . -- 初版 . -- 新北市：小熊出版：遠足文化事業股份有限公司發行, 2023.01, 144 面；21x14.8 公分 . --（繪童話）
ISBN 978-626-7140-01-7（平裝）

863.596　　111004143

小熊出版官方網頁　小熊出版讀者回函